W0466132

Henry van Dyke:
DER VIERTE WEISE

OGHAM-BÜCHEREI
20

Henry van Dyke

Der Vierte Weise

Deutsch von Tilde von Eiff

OGHAM VERLAG STUTTGART

Einbandgestaltung und Illustrationen von Christiane Lesch
Schrift von Lotte Boelger-Kling

2. Auflage 1990
Titel der Originalausgabe: «The Other Wise Man»
© 1984 OGHAM VERLAG Sandkühler & Co., Stuttgart
Satz: Hermann Weyhing GmbH, Stuttgart
Druck: Maisch & Queck, Gerlingen
ISBN 3-88455-020-9

INHALT

VORWORT

Es ist nun schon einige Jahre her, seit diese kleine Geschichte auf das Meer der Bücher hinausgesegelt ist. Um kein Kriegsschiff handelt es sich; nur um ein kleines, friedliches Segelboot. Dennoch hat es eine ziemlich abenteuerliche Fahrt gehabt. Zweimal war es in die Hände von Seeräubern gefallen. Die Wogen trugen es in ferne Länder, und es ist durch den Einfuhrhafen des Übersetzers in deutsche, französische, armenische, türkische und vielleicht noch andere fremde Gebiete geraten. Einmal entdeckte ich es unter der ausländischen Flagge einer funkelnagelneuen phonetischen Sprache an den Küsten von Frankreich. Und einmal machte ein Antiquitätenhändler geltend, die Geschichte sei eine längst verlorene Legende des Morgenlandes. Das Beste von allem ist jedoch, daß mein kleines Boot in aller Stille in manchen entlegenen Hafen, den ich nie gesehen, hineingeschlüpft ist, dort ein freundliches Willkommen gefunden und Botschaften des Wohlwollens von unbekannten Freunden zurückgebracht hat.

Nun ist es heimgekommen, um für weitere Seereisen neu ausgerüstet zu werden. Ich bin gebeten worden, ehe diese Geschichte wieder in die Welt hinausgeschickt wird, zu erzählen, woher sie kam und was sie bedeutet.

Ich weiß nicht, woher sie kam – aus der Luft vielleicht. Eines ist aber gewiß, sie ist in keinem anderen Buch zu finden, auch nicht in irgendwelchen alten Schriften des Morgenlandes. Und doch habe ich nie das Gefühl gehabt, daß sie meine eigene Geschichte ist. Sie war ein Geschenk. Sie wurde mir zugesandt und mir schien, als kenne ich den Geber, obgleich sein Name nicht ausgesprochen wurde.

Das Jahr war reich an Krankheit und Kummer gewesen, jeder Tag brachte Sorge, jede Nacht war voller Qual und Schmerz. Sie sind sehr lang – diese Nächte, in denen man wach liegt und hört, wie das schwer kämpfende Herz mühselig seine Arbeit verrichtet und in denen man den Morgen herbeisehnt und nicht weiß, ob er dämmern wird. Das sind nicht die Nächte der Angst; denn der Gedanke an den Tod wird merkwürdig vertraut, wenn man seit einem Jahr mit ihm gelebt hat. Außerdem fühlt man sich nach einer Zeit wie ein Soldat, der lange im Feuer des Gefechts still gestanden hat; jede Veränderung würde eine Erleichterung bedeuten. Aber das sind einsame, schwere Nächte, und ihre schlimmste Bürde ist dies:

Du mußt dem Gedanken ins Antlitz schauen, daß du in dieser Welt vielleicht am Ende deiner Arbeit bist und doch weißt, daß sie nicht annähernd vollbracht ist.

Du hast Probleme, die dich quälen, nicht gelöst; du hast das Ziel, das du erstrebtest, nicht erreicht. Du hast die große Aufgabe, die du dir selbst gestellt, nicht vollendet. Du bist noch auf dem Weg; und vielleicht muß deine Reise hier enden – im Ungewissen – im Dunkeln.

Nun, es war während einer dieser langen, einsamen Nächte, daß diese Geschichte zu mir kam. Ich hatte die seltsamen Erzählungen der drei Weisen aus dem Morgenland, wie sie in der «Goldenen Legende» des Jacobus de Voragine und in anderen Schriften des Mittelalters geschrieben stehen, studiert und liebgewonnen, aber von dem vierten weisen Mann hatte ich bis zu dieser Nacht nie etwas gehört. Dann sah ich ihn ganz deutlich, wie er sich in einem kleinen Kreis von Licht durch die Schatten bewegte. Sein Antlitz stand so klar vor mir, wie die Erinnerung an das Gesicht meines Vaters, das ich vor einigen Monaten zum letzten Mal gesehen hatte.

Die Geschichte von seinen Reisen und Prüfungen und Enttäuschungen zog ohne Unterbrechung an mir vorüber, auch gewisse Sätze kamen mir in den Sinn, klargeschnitten wie Gemmen, vollständig und unvergeßlich. Alles, was ich zu tun hatte, war, Artaban Schritt für Schritt vom Anfang bis zum Ende seiner Pilgerfahrt zu folgen.

Vielleicht mag dies einiges in der Geschichte erklären. Ich bin oft genug gefragt worden, warum ich den vierten weisen Mann in der Hütte zu Bethlehem eine Lüge sagen ließ, nur um das Leben eines Kindes zu retten.

Ich war es nicht, der ihn eine Lüge sagen ließ.

Was Artaban zu den Soldaten sagte, sagte er aus sich selber heraus, weil er nicht anders konnte.

Kann eine Lüge je gerechtfertigt werden? Vielleicht nicht –, aber mag sie nicht mitunter unvermeidlich erscheinen?

Und wenn es eine Sünde wäre, könnte man sie dann nicht beichten und Vergebung erlangen? Viel leichter als für die weit größere Sünde des geistigen Egoismus, der Gleichgültigkeit, oder des Verrats an unschuldigem Blut?

Dies sah ich Artaban tun, dies hörte ich ihn sagen, sein ganzes Leben hindurch versuchte er immer sein Bestes zu geben. Es war nichts Vollkommenes, aber es gibt eine Art Fehlschlag, der besser ist als Erfolg.

Obwohl die Geschichte des vierten Weisen plötzlich und ohne Mühe zu mir kam, bedurfte es doch ernsten Studiums und vieler Arbeit, ehe sie niedergeschrieben werden konnte. Eine Idee entsteht ohne Anstrengung, eine Form jedoch kann nur durch geduldige Arbeit hervorgebracht werden. Wenn deine Geschichte überhaupt der Mühe des Erzählens wert ist, muß deine Liebe dazu groß sein, daß du keine Arbeit scheust, sie zur Wahrheit zu machen, nicht nur dem Ideal entsprechend, sondern auch getreu der Wirklichkeit. Das Licht ist eine Gabe; aber die jeweilige Färbung kann nur von jemandem geschaut werden, der lange und beständig danach sucht. Artaban begleitete mich, während ich mich durch viele Bände alter Geschichte und Reiseberichte mühsam hindurcharbeitete. Ich sah seine Gestalt, während ich durch das regungslose Meer der Wüste dahinfuhr und durch die wundersamen Städte des Ostens wanderte.

Und nun, da seine Geschichte erzählt ist, was bedeutet sie?

Wie kann ich es sagen? Was bedeutet das Leben? Wenn die Bedeutung in einem Satz ausgesprochen werden könnte, bestände keine Notwendigkeit, die Geschichte zu erzählen.

Henry van Dyke

DAS ZEICHEN AM HIMMEL

Ihr kennt die Geschichte der drei Weisen aus dem Morgenland, wie sie aus fernen Landen kamen, um ihre Gaben an der Krippe zu Bethlehem zu opfern. Habt ihr aber jemals die Geschichte von dem anderen Weisen gehört, der auch den Stern aufgehen sah und sich aufmachte ihm zu folgen, aber nicht mit seinen Brüdern bei dem kleinen Jesuskinde eintraf? Und habt ihr von dem glühenden Wunsch dieses vierten Pilgers gehört, von dem Wunsch, der ihm versagt blieb und dennoch in der Versagung erfüllt wurde? Und auch von seinen vielen Pilgerfahrten und Seelenprüfungen, von dem langen Weg seines Suchens und von der wunderbaren Fügung, die ihn zu dem führte, den er gesucht hatte? Laßt mich die Geschichte erzählen, so, wie ich Bruchstücke davon in der Halle der Träume, in dem Palast des Menschenherzens gehört habe.

Zu der Zeit, da Kaiser Augustus der Herr über viele Könige war und Herodes in Jerusalem regierte, lebte in der Stadt Ekbatana im persischen Gebirge ein Mann mit Namen Artaban, der Meder. Sein Haus stand unmittelbar an der äußersten der sieben Mauern, die das königliche Schatzhaus umgaben. Von seinem Dach konnte er über die Zinnen, die schwarz, weiß, scharlach, blau, rot, silbern und golden emporragten, bis an den Berg hinausschauen, wo der Sommerpalast der persischen Kaiser wie ein Juwel in einer siebenfachen Krone glitzerte.

Um Artabans Wohnstätte breitete sich ein schöner Garten aus, ein Durcheinander von Blumen und Obstbäumen, bewässert durch viele kleine Bäche, die von den Abhängen des Berges Orontes herabströmten, und erfüllt von dem melodischen Wohllaut unzähliger Vogelstimmen. Aber alle Farben schwanden in der weichen, dufterfüllten Dunkelheit dieser späten Septembernacht und jeder Laut verstummte in dem tiefen Zauber ihrer Stille. Nur das Wasser war vernehmbar und klang wie eine Stimme aus der Finsternis, bald schluchzend, bald lachend. Hoch über den Baumkronen glühte ein mattes Licht durch die verhängten Fensterbogen des Obergemaches, wo der Hausherr mit seinen Freunden Rat hielt.

Er stand am Eingang, um seine Gäste zu begrüßen. Ein großer Mann von dunkler Hautfarbe, ungefähr 40 Jahre alt, mit breiter Stirn und leuchtenden, dicht zusammenstehenden Augen, mit festen Linien um die feinen Lippen, mit der Stirn eines Träumers und dem Mund eines Kriegers, ein Mann von feinem Empfinden, aber unbeugsamem Willen, einer von denen, die, in welchem Zeitalter sie auch leben, geboren sind zu inneren Kämpfen und zu einem Leben unablässigen Suchens.

Er trug ein blendend weißes Gewand aus Wollstoff über einer Tunika von Seide, eine weiße, spitz zulaufende Kappe mit langen seitlichen Patten ruhte auf seinem herabwallenden schwarzen

Haar. Es war die Kleidung der ehrwürdigen Priesterschaft der Magier, die man Feueranbeter nannte.

«Willkommen!» sagte er mit seiner tiefen wohllautenden Stimme, als einer nach dem andern in den Raum trat – «willkommen, Abdus, Friede sei mit euch, Rhodasper und Tigranes und mit dir, mein Vater Abgarus. Ihr seid mir alle willkommen, und die Freude über eure Gegenwart erhellet dieses Haus.»

Es waren neun Männer, sehr verschiedenen Alters; aber doch einander ähnlich durch den Reichtum ihrer bunten, seidenen Gewänder sowie durch die Halsketten aus massivem Gold, die sie als parthische Edelleute kennzeichneten, und durch die geflügelten, goldenen Reifen, die als Zeichen der Anhänger Zoroasters auf ihrer Brust ruhten.

Sie nahmen ihre Plätze ein um einen kleinen, schwarzen Altar, der am Ende des Raumes stand, und auf dem eine winzige Flamme brannte. Artaban, der neben dem Altar stand, fachte die Flamme mit einem Bündel dünner Tamariskenzweige an und nährte das Feuer mit trockenem Fichtenholz und wohlriechendem Öl. Dann begann er das uralte Lied des Yasna, und seine Gefährten stimmten ein in die erhabene Hymne an Ahura-Mazdao:

Wir ehren den Göttlichen Geist, den Wahrheit und Güte erfüllet,
Den heilige Seelen umringen, die Spender von Wohltat und Segen.
Uns freut Seiner Hände Werk, Seine Wahrheit und Macht wir bekennen.

Allem, was rein ist, sei Preis! denn dieses nur hat Er erschaffen;
Dem wahren Gedanken sei Preis, den echten Worten und Taten,
Denn diese fördert Er nur, sie sind es, die wir verehren.

Hör uns, Mazdao! Du lebest in Wahrheit und himmlischer Freude;
Tilge die Falschheit, schenk Halt, wenn Böses uns knechtet und Niedres;
Verström Deine Freude, Dein Licht in unsere finstere Trübsal.

Strahle den Gärten, dem Feld, strahl unserm Werken und Wirken;
Strahle der Menschheit, sie sei fern oder nahe dem Glauben;
Strahle uns jetzt durch die Nacht, strahle uns jetzt Deine Macht.
Unserer heiligen Liebe Glut und das Lied unsrer Andacht empfange.

Das Feuer loderte auf mit dem Lied, wogte hin und her, als sei es von musikalischer Empfindung

belebt, bis es hell den ganzen Raum erleuchtete und seine Einfachheit und doch Kostbarkeit erkennen ließ.

Der Fußboden war mit dunkelblauen, weißgeäderten Kacheln ausgelegt; aus gewundenem Silber waren die Halbpfeiler, die sich von den blauen Wänden abhoben, die obere Reihe der Bogenfenster war mit azurfarbiger Seide behängt; das Dekkengewölbe glich einer mit silbernen Sternen besäten Straße von Saphiren, ähnlich dem Himmelsgewölbe in seiner Klarheit. Von den vier Ekken der Decke hingen vier goldene Zauberräder herab, die Zungen der Götter genannt. Am östlichen Ende des Raumes, hinter dem Altar, standen zwei dunkelrote Porphyrsäulen, darüber ein Dekkenbalken aus dem gleichen Stein, auf dem die Gestalt eines geflügelten Bogenschützen mit gespanntem Bogen eingemeißelt war.

Die Öffnung zwischen den Säulen, die den Ausgang nach dem Söller bildete, war mit einem schweren dunkelroten Vorhang verhängt, der mit unzähligen aufwärtsstrebenden, goldenen Strahlen bestickt war. Der Raum wirkte wie eine ruhige, sternenklare Nacht: blau und silbern, im Osten sich rötend wie in Vorahnung des erwachenden Tages. Wie es sich für das Haus eines Mannes geziemt, zeigte es den Charakter und den Geist des Besitzers.

Als das Lied beendet war, wandte er sich an seine Freunde und lud sie ein, sich auf den Diwan am westlichen Ende des Raumes zu setzen.

«Ihr seid heute abend, meinem Rufe folgend, gekommen,» sagte er, indem er im Kreise umherblickte, «um als treue Schüler Zoroasters eure Anbetung zu erneuern, und um euren Glauben an den Gott der Reinheit neu zu entfachen, so wie dieses Feuer auf dem Altar wiederum entzündet worden ist. Nicht das Feuer beten wir an, sondern ihn, der durch das Feuer versinnbildlicht wird, weil es von allen Dingen der Schöpfung das Reinste ist. Es redet zu uns von einem, der selber Licht und Wahrheit ist. – Ist es nicht so, mein Vater?»

«Wohl gesprochen, mein Sohn,» erwiderte der ehrwürdige Abgarus, «die Erleuchteten sind niemals Götzendiener. Sie heben den Schleier von der Form und betreten die geheiligte Stätte der Wirklichkeit, und Licht und Wahrheit empfangen sie immerdar neu durch die alten Symbole.»

«So hört denn, mein Vater und meine Freunde,» sagte Artaban sehr ruhig, «was ich euch von dem neuen Licht und der neuen Wahrheit erzähle, die mir durch die ältesten aller Zeichen offenbar geworden sind. Wir haben gemeinsam die Geheimnisse der Natur erforscht und die heilende Kraft des Wassers, des Feuers und der Pflanzen studiert. Auch lasen wir die prophetischen Bücher zusammen, in denen die Zukunft verschleiert vorausgesagt wird, mit den Worten, die schwer zu verstehen sind. Doch das höchste Wissen ist die Kenntnis der Gestirne. Ihre Bahnen nachzuziehen, heißt die Fäden des Lebensrätsels von Anfang bis zu Ende entwirren zu können. Wäre es uns möglich, ihren Lauf bis zu Ende zu verfolgen, so könnte uns nichts verborgen bleiben. Aber ist nicht unser Wissen auf diesem Gebiet nur Stückwerk? Gibt es nicht noch viele Sterne, die noch jenseits unseres Horizontes stehen? Lichter, die nur bei den Bewohnern des entlegenen Südens, unter den Gewürzbäumen von Punt und bei den Goldminen Ophirs, bekannt sind?»

Die Zuhörer murmelten ihre Zustimmung.

«Die Sterne», sagte darauf Tigranes, «sind die Gedanken der Ewigen. Sie sind zahllos. Aber die Gedanken der Menschen können gezählt werden, wie die Jahre ihres Lebens. Die Weisheit der Magier ist die größte aller Weisheiten auf Erden, weil sie ihre eigene Unzulänglichkeit kennt, und darin liegt das Geheimnis der Macht. Wir erhalten die Menschen in einem beständigen Zustand des Harrens und Wartens auf einen neuen Sonnenaufgang; selbst aber wissen wir, daß die Dunkelheit dem Lichte gleichgestellt ist, und daß der Kampf zwischen beiden niemals enden wird.»

«Das befriedigt mich nicht», antwortete Artaban, «denn wenn das Warten endlos sein muß, wenn es keine Erfüllung der Hoffnung gäbe, so würde das Suchen und Warten keine Weisheit sein. Wir würden dann jenen neuen griechischen Lehrern gleichen, die behaupten, es gäbe überhaupt keine Wahrheit, und die einzigen Weisen seien die, welche ihr Leben damit zubringen, den

Lügen, die bisher in der Welt Glauben fanden, nachzuspüren und sie aufzudecken. Aber der neue Sonnenaufgang wird sicherlich kommen, wenn die Zeit erfüllt ist. Lehren uns nicht unsere eigenen Bücher, daß es so sein wird, und daß die Menschen die Herrlichkeit eines großen Lichtes wahrnehmen werden?»

«Das ist wahr», sagte Abgarus, «jeder treue Schüler des Zoroaster kennt die Prophezeiung des Avesta und trägt das Wort in seinem Herzen: An jenem Tag wird Sosiosh, der Siegreiche, aus der Reihe der Propheten im Osten auferstehen. Von einem gewaltigen Lichte wird er umstrahlt sein; durch ihn wird das Leben ewig, unzerstörbar und unsterblich und die Toten werden auferstehn.» «Das ist eine dunkle Rede,» entgegnete Tigranes, «und es ist möglich, daß wir sie niemals verstehen werden. Viel besser ist es, die Dinge, die uns naheliegen, zu beachten und danach zu trachten, den Einfluß der Magier im eigenen Lande zu vergrößern, anstatt auf den zu harren, der vielleicht gar ein Fremder ist, und dem wir unsere Macht abtreten müßten.»

Die anderen schienen an diesen Worten Gefallen zu finden und bekundeten stillschweigend ihre Zustimmung. Ihre Mienen trugen jenen Ausdruck, der sich zeigt, wenn ein Redner den Gedanken in Worte kleidet, der bislang in den Herzen seiner Zuhörer geschlummert hatte. Artaban aber wandte sich mit leuchtendem Blick zu Abgarus und sagte: «Mein Vater, ich habe diese Weissagung in dem verborgensten Winkel meiner Seele bewahrt. Religion ohne eine große Hoffnung würde dem Altare gleichen, auf dem kein Feuer glüht. Jetzt, da die Flamme heller leuchtet, erkenne ich bei ihrem Lichte noch weitere Worte, die ebenfalls aus dem Urquell der Wahrheit stammen und noch deutlicher sprechen von dem Kommen des Siegreichen und seiner Lichtglorie.»

Er holte aus der Brustfalte seiner Tunika zwei mit Schriftzeichen bedeckte kleine Rollen aus Linnen hervor und breitete sie sorgsam auf seinen Knien aus.

«In den Jahren, die in der Vergangenheit versunken sind, lange bevor unsere Vorfahren nach Babylon kamen, gab es weise Männer in Chaldäa, von denen der erste der Magier die Geheimnisse der Gestirne erlernte. Unter ihnen war Bileam, der Sohn Beors, einer der Mächtigsten. Hört die Worte seiner Weissagung: «Es wird ein Stern aus Jakob aufgehen, und ein Zepter wird aufkommen aus Israel!»

Der Mund des Tigranes verzog sich verächtlich, als er sagte: «Juda war gefangen an den Wassern Babylons, und die Söhne Jakobs waren unseren Königen untertan. Die Stämme Israels sind, gleich verlorenen Schafen, in den Bergen verstreut, und aus denen, die übrig sind und in Judäa unter dem Joche Roms leben, wird weder Stern noch Zepter erstehen.»

«Und dennoch» antwortete Artaban, «war es Daniel, der Hebräer, der mächtige Traumdeuter, der Ratgeber der Könige, genannt der weise Belsazar, der von unserem großen König Cyrus vor allen geehrt und geliebt wurde. Daniel erwies sich unserem Volke als einer, der Gottes Gedanken zu lesen verstand und als ein wahrer Prophet, und dieses sind seine Worte.» Artaban las aus der zweiten Rolle: «Wisset also und versteht, daß von der Zeit an, da der Befehl gegeben wurde, Jerusalem dem Gesalbten, dem Fürsten zurückzuerstatten, verstreichen werden sieben und dreimal zwanzig und zwei Wochen.» «Aber, mein Sohn,» sagte Abgarus zweifelnd, «das sind mystische Zahlen, wer kann sie deuten, oder wer kann den Schlüssel finden, der ihre Bedeutung entziffert?»

Artaban antwortete: «Mir und meinen drei Freunden unter den Magiern, Kaspar, Melchior und Balthasar, ward dies geoffenbart. Wir haben in den alten chaldäischen Tafeln gelesen und die Zeit berechnet. Sie erfüllet sich in diesem Jahr. Wir haben die Gestirne betrachtet und im Frühling dieses Jahres gesehen, wie sich zwei der größten Sterne im Zeichen der Fische, das das Haus der Hebräer bedeutet, einander näherten. Dort sahen wir auch einen neuen Stern, der eine ganze Nacht hindurch leuchtete und dann verschwand. Jetzt treffen sich die zwei großen Planeten wieder. In dieser Nacht ist ihre Konjunktion. Meine drei Brüder beobachten sie in dem alten Tempel der sieben Spären zu Borsippa in Babylonien, und ich tue hier desgleichen. Wenn der Stern wieder erscheint, werden sie am Tempel zehn Tage auf mich warten und dann wollen wir zusammen nach Jerusalem aufbrechen, um den Verheißenen, der als König von Israel geboren werden soll, zu schauen und anzubeten. Ich vertraue darauf, daß das Zeichen erscheinen wird, und ich habe mich auf die Reise vorbereitet. Mein Haus und meine Ländereien habe ich verkauft und dafür diese drei Juwelen erworben: einen Saphir, einen Rubin und eine Perle, um sie als Geschenk dem König darzubringen. Und euch bitte ich, mich auf dieser Pilgerfahrt zu begleiten, auf daß wir gemeinsam die Freude haben, den Fürsten zu finden, der unserer Huldigung würdig ist.»

Während er sprach, steckte er seine Hand in die innere Falte seines Gürtels und zog drei Kleinodien hervor und legte sie vor sich auf die ausgebreiteten Rollen: eines so blau, als sei es ein Teil des nächtlichen Himmels, eines glühender als ein Strahl der aufgehenden Sonne, und eines so rein wie der Gipfel eines Schneeberges im Zwielicht.

Seine Freunde aber betrachteten Artaban mit

befremdeten Blicken. Ein Ausdruck des Zweifels und des Mißtrauens begann sich in ihren Mienen zu spiegeln und breitete sich langsam aus, ähnlich dem Nebel, der von den Sümpfen aufsteigt, um die Berge zu verhüllen. Sie schauten einander mit Blicken der Verwunderung und des Mitleids an, als wenn sie nur unbegreifliche Reden, die Erzählungen eines wüsten Traumes oder den Vorschlag eines unmöglichen Unternehmens vernommen hätten.

Endlich sagte Tigranes: «Artaban, dies ist nur ein eitler Traum. Du hast zuviel nach den Sternen geschaut und zu hochfliegende Pläne gehegt. Du tätest besser, Geld für den neuen Feuertempel zu Chala zu sammeln. Kein König wird je aus dem verkommenen Stamme Israels erstehen, und des ewigen Kampfes zwischen Licht und Finsternis wird nie ein Ende werden. Wer darauf harret, jagt Schatten nach. Lebewohl!»

Und ein anderer sagte: «Artaban, ich habe keine Kenntnis von diesen Dingen und mein Amt als Wächter des königlichen Schatzes hält mich hier fest. Dieser Pfad der Suche ist nichts für mich.

Doch wenn du ihm folgen mußt, so lebe wohl!»

Und ein anderer sagte: «In meinem Hause schläft meine junge Frau, ich kann sie weder verlassen, noch auf die seltsame Reise mitnehmen. Dieser Pfad der Suche ist nichts für mich. Aber wo immer du auch hingehst, mögen deine Schritte von Segen begleitet sein. So lebe wohl!»

Und noch ein anderer sagte: «Ich bin krank und der Mühsal nicht gewachsen. Doch unter meinen Dienern ist ein Mensch, den ich mit dir senden will, wenn du gehst, damit ich erfahre, wie es dir ergehen wird.»

Abgarus aber, der Älteste von ihnen und derjenige, der Artaban am meisten liebte, zögerte, nachdem die anderen gegangen waren und sagte mit tiefem Ernst: «Mein Sohn, wohl mag sich das Licht der Wahrheit in diesem Himmelszeichen kundtun; und wenn dem so ist, dann wird es dich gewiß zu dem Fürsten und zu der alles überstrahlenden Helligkeit führen. Vielleicht auch mag es nur ein Schatten des Lichtes sein, wie Tigranes gesagt hat, und dann wird der, der ihm folgt, nichts als eine langwierige Pilgerfahrt und ein ergebnisloses Suchen haben. Besser ist es aber, auch dem Schatten nur des Höchsten nachzuspüren, als mit dem Niedrigen zufrieden zu sein. Und diejenigen, die wunderbare Dinge erleben wollen, müssen bereit sein, alleine zu wandern. Ich bin zu alt für diese Reise, aber mein Herz wird dich auf all deinen Wegen begleiten, Tag und Nacht, und ich werde den Ausgang deiner Suche erfahren. Ziehe hin in Frieden!»

Und so verließen sie einer nach dem anderen den azurblauen Raum mit seinem silberbesternten Deckengewölbe, während Artaban alleine zurückblieb.

Er barg die Juwelen in seinem Gürtel. Lange Zeit stand er in sich versunken und beobachtete die Flamme, die auf dem Altar züngelte und dann erstarb.

Dann durchschritt er die Halle, schob den schweren Vorhang zur Seite und trat zwischen den dunkelroten Säulen aus Porphyr hinaus auf die Dachterrasse. Das Erschauern, das die Erde durchzittert, ehe sie aus ihrem Schlafe erwacht, hatte bereits gegonnen, und der kühle Wind, der das Herannahen des Tages verkündet, wehte von den beschneiten Schluchten des Berges Orontes her. Halbwache Vögel schlüpften zwitschernd durch das raschelnde Laub, und der Duft reifer Trauben drang von den Lauben herüber. Ein weißer Nebel erstreckte sich, gleich einem See, weit über die Ebene im Osten. Aber dort, wo der ferne Gipfel des Zagros sich gezackt gegen den westlichen Horizont abhob, war der Himmel klar. Jupiter und Saturn zogen gemeinsam ihre Bahn wie züngelnde Flammen, die ihrer Vereinigung entgegenstreben.

Und siehe! Während Artaban sie beobachtete, ward ein azurblauer Funke aus der Dunkelheit geboren. Mit purpurnem Glanze rundete er sich zu einer dunkelroten Kugel und kreiste aufwärts durch safran- und orangefarbene Strahlen zu einer leuchtenden weißen Spitze. In unendlich weiter Ferne und winzig klein, aber in allen Teilen vollkommen, pendelte er an dem unendlichen Himmelsgewölbe, als wenn die drei Juwelen auf des Magiers Brust sich miteinander verschmolzen

und in ein lebendiges, lichtglühendes Herz verwandelt hätten.

Artaban neigte das Haupt und bedeckte seine Stirn mit den Händen.

«Es ist das Zeichen», sagte er. «Der König naht, und ich gehe nun, ihm zu begegnen.»

AN DEN WASSERN BABYLONS

Die ganze Nacht hindurch hatte Vasda, die schnellste von Artabans Stuten, gesattelt und gezäumt und voller Ungeduld die Erde scharrend, im Stalle gewartet. Und unablässig riß sie am Zaumzeug, als ob sie den Eifer ihres Herrn teilte, dessen Bedeutung sie freilich nicht verstand.

Noch ehe die Vögel ihr jubelndes Morgenlied angestimmt hatten, noch ehe der weiße Nebel sich gemächlich von der Ebene zu heben begann, saß der vierte weise Mann im Sattel und schlug in schnellem Tempo den Weg ein, der um den Berg Orontes nach Westen führte. Wie nah, wie innig ist doch die Kameradschaft zwischen einem Mann und seinem geliebten Pferd auf einer langen Reise. Sie ist eine stumme, alles verstehende Freundschaft, ein Verstehen, das keiner Worte bedarf. An den gleichen Quellen löschen sie ihren Durst und schlafen unter denselben schützenden Sternen. Beide erleben den bannenden Zauber der Nacht und die pulsierende Freude des Tagesanbruchs. Der Herr teilt seine Abendmahlzeit mit seinem hungrigen Kameraden und empfindet als Liebkosung die Berührung der weichen feuchten Nüstern, wenn das Tier ein Stückchen Brot aus seiner Hand nimmt. Beim Morgengrauen wird er durch den Hauch eines warmen, reinen Atems, der über sein Gesicht streicht, leise aus seinem Schlummer geweckt, und er schaut in die Augen seines treuen Weggenossen, der schon in Bereitschaft wartet, daß die Tagesarbeit beginnen soll. Er wird gewiß, wenn er nicht ein Heide oder ein Ungläubiger ist, seinem Gott, unter welchem Namen er ihn auch anruft, für diese schweigende Teilnahme und stumme Zuneigung danken, und sein Morgengebet wird einen zweifachen Segen erflehen: Gott segne uns beide und bewahre unsere Füße vor dem Fall und unsere Seele vor dem Tode. Und dann geht es durch die frische Morgenluft, und im lustigen Trabe schlagen die flinken Hufe den Takt zu zwei Herzen, die von demselben Verlangen getrieben sind: den Raum zu besiegen, die Entfernung zu verschlingen, das Ziel der Reise zu erreichen.

Artaban mußte in der Tat klug und sicher reiten, wenn es ihm gelingen sollte, die mit den anderen Magiern verabredete Stunde einzuhalten; denn die Strecke zählte hundertfünfzig Parasangs, und fünfzehn Parasangs war das Äußerste, was man in einem Tage zurücklegen konnte. Aber er kannte Vasdas Kräfte und eilte ohne Sorge vorwärts, indem er jeden Tag eine bestimmte Entfernung zurücklegte, obwohl er bis tief in die Nacht und ehe die Morgenröte am Himmel sichtbar wurde im Sattel saß.

An den braunen Hängen des Orontes, der von hundert felsenumgebenen Waldbächen durchfurcht war, zog er vorüber. Er durchquerte die Tiefebene der Nizäer, wo Herden berühmter Pferde in den reichen Wiesen friedlich grasten. Als sie aber das Kommen Vasdas merkten, jagten sie mit donnerndem Hufschlag davon, und ganze Scharen wilder Vögel erhoben sich plötzlich aus den sumpfigen Wiesen, ein schimmerndes Gewirr von unzähligen Flügelpaaren, wobei sie weite Kreise in der Luft zogen und schrille Töne der Überraschug ausstießen.

Dann durchritt Artaban die fruchtbaren Felder von Concabar, wo der Staub von den Tennen die Luft mit goldenem Dunst erfüllte und den riesengroßen Tempel der Astarte mit seinen vierhundert Säulen fast verhüllte.

Beim Durchreiten der reichen, von Felsquellen bewässerten Gärten zu Baghistan schaute er empor zu dem weit über den Weg hinausragenden zackigen Vorsprung der mächtigen Bergkuppe und sah hoch oben an der Stirn des ewigen Felsens die Gestalt des Königs Darius eingemeißelt, wie er den Fuß auf die Reihen seiner gefallenen Feinde setzte. Über so manchen öden, verlassenen Paß, im schweren Kampf gegen den Wind auf den Bergkuppen; abwärts durch manche finstere Bergschlucht, wo der Fluß, wild tobend, ihm als Führer voraneilte; durch manches liebliche Tal mit Terrassen von gelbem Kalkstein, voll von Weinstöcken und Obstbäumen; durch die Eichenhaine von Carine und die düsteren Tore des von Abgründen umschlossenen Zagros, in die uralte Stadt Chala, wo ehedem die Leute Samariens in der Gefangenschaft geschmachtet hatten, und wieder hinaus durch die mächtige, in die umgebenden Berge eingesprengte Pforte, wo er das Ebenbild des Hohenpriesters der Magier, der die Hand erhob, als wollte er die Pilger von Jahrhunderten segnen, in die Felsen eingemeißelt sah; vorbei am Eingang der engen Schlucht des Gyndes, wo der Fluß ihm entgegenschäumte, vorbei an Obstgärten voller Pfirsiche und Feigen; durch weite Reisfelder, über denen herbstliche Dünste ihre tödlichen Nebel ausbreiteten; entlang dem Lauf des Flusses unter schattenspendenden Pappeln und Tamarinden und hinaus auf die Ebene, wo der Weg pfeilgerade durch Stoppelfelder und verdorrte Wiesen führte; an der Stadt Ktesiphon vorbei, wo die Partherkaiser regierten, und an Seleucia, das einst Alexander erbaute; durch die Strudel des Tigris und die vielen Flußarme des Euphrat, der gelblich durch die Kornfelder strömte – immer weiter eilte Artaban, bis er in der Abenddämmerung des zehnten Tages unter den verfallenen Mauern der volkreichen Stadt Babylon eintraf.

Vasda war beinahe völlig erschöpft und Artaban hätte nur allzugern Aufenthalt in der Stadt genommen, um sich und dem Pferde Rast und Erfrischung zu gönen. Aber er wußte, daß der Tempel der sieben Sphären noch drei Wegstunden entfernt war, und daß er um Mitternacht dort sein mußte, wenn er seine wartenden Kameraden noch antreffen wollte. So hielt er nicht an, sondern ritt stetig weiter über die Stoppelfelder, die in der Dämmerung einem blaßgelbem Meere glichen, aus dessen Mitte sich ein Hain von Dattelpalmen als düstere Insel abhob.

Als es dunkler wurde, verlangsamte Vasda ihren Gang und fing an auf den Weg zu achten. Vorsichtiger und vorsichtiger schritt sie dahin, als wenn sie irgendwelche Gefahr witterte. Vor einer solchen zu fliehen, lag nicht in ihrer Art, wohl aber wollte sie sich dagegen wappnen, wie es einem guten Pferde geziemt. Im Hain war es schwül und grabesstill, kein Blatt raschelte, kein Vogel sang.

Den Kopf tief gesenkt, tastete Vasda sich vorsichtig vorwärts und seufzte ab und zu in Vorahnung. Plötzlich aber stand sie regungslos still vor einem dunklen Gegenstand unter dem Schatten der letzten Palmen. Ihr schnelles Atmen und heftiges Zittern bekundeten die Furcht und Unruhe, in der sie sich befand.

Artaban stieg ab. Das blasse Licht der Sterne ließ ihn die Gestalt eines Mannes erkennen, der quer über dem Weg lag. Sein bescheidenes Gewand und die Züge seines mageren Gesichtes zeigten, daß er wahrscheinlich einer jener armen, heimatlosen Hebräer war, von denen es in der Umgebung noch eine große Anzahl gab.

Seine blasse Haut, die trocken und gelb wie Pergament war, wies die Spuren des tödlichen Fiebers auf, das die sumpfige Gegend im Herbst so furchtbar heimsuchte. Die Kälte des Todes lag über seiner mageren Hand, und als Artaban diese losließ, fiel der Arm leblos auf die regungslose Brust zurück.

Mitleidsvoll wandte er sich ab und überließ den Körper dem seltsamen Begräbnis, das die Magier für angemessen erachten: dem Begräbnis der Wüste, von dem die Geier sich mit dunklen Schwingen erheben, und die Raubtiere verstohlen hin-

wegschleichen, nichts als ein Häufchen weißer Knochen im Sande zurücklassend.

Als er sich jedoch wegwandte, entrang sich ein tiefer, geisterhafter Seufzer den Lippen des Mannes. Die braunen, knochigen Finger umschlossen krampfhaft des Magiers Gewand und hielten ihn fest. Artabans Herz schlug heftig, nicht aus Furcht, sondern in stummem Groll über diese zwecklose Verzögerung.

Wie konnte er hier in der Dunkelheit verweilen, um einem sterbenden Fremdling zu helfen? Welchen Anspruch auf seine Dienste oder sein Mitleid hatte dieser unbekannte Rest menschlichen Lebens? Wenn er auch nur eine Stunde hier zögerte, würde er ja kaum zur verabredeten Stunde Borsippa erreichen können. Seine Freunde würden denken, er habe die Reise aufgegeben. Sie würden ohne ihn weiterziehen. Er würde das Ziel seines Suchens nicht erreichen.

Aber, wenn er jetzt weiterginge, würde der Mann sicherlich sterben! Blieb er dagegen, so wäre es vielleicht möglich, ihm sein Leben zu erhalten. Eine tiefe seelische Erregung ergriff ihn, als er dies erwog. Sollte er den hohen Lohn seines Gottvertrauens um einer einzigen Tat der Nächstenliebe willen aufs Spiel setzen? Durfte er es wagen, nur um einem armen sterbenden Hebräer einen Becher kalten Wassers zu reichen, den Leitstern auch nur eine Minute aus den Augen zu lassen?

«O Gott der Wahrheit und Reinheit», betete er, «zeige mir den heiligen Pfad, den Weg der Weisheit, der nur dir bekannt ist.»

Dann wandte er sich dem kranken Manne zu. Er löste den Griff seiner Hand und trug ihn auf eine kleine Anhöhe, wo er ihn unter einem Palmbaum niederlegte. Er lockerte die Falten seines Turbans und öffnete sein Gewand über der eingefallenen Brust. Aus einem kleinen Kanal in der Nähe holte er Wasser und befeuchtete Stirn und Lippen des Leidenden. Von den einfachen und kräftigen Heilmitteln, die er stets bei sich trug, mischte er einen Trank – denn die Magier waren sowohl Ärzte als Sterndeuter – und goß ihn langsam zwischen die farblosen Lippen des Mannes. Stunde um Stunde verrann, während er sich abmühte, wie nur ein geschickter Arzt es vermag; endlich kehrten die Kräfte des Mannes zurück, er richtete sich auf und schaute um sich: «Wer bist du?» fragte er in ungelenk bäurischem Dialekt, «und warum hast du mich hier aufgesucht, um mich zum Leben zurückzubringen?» «Ich bin Artaban, der Magier aus der Stadt Ekbatana und bin unterwegs nach Jerusalem auf der Suche nach einem, der als König der Juden, als hoher Fürst und Erlöser der Menschheit geboren werden soll. Ich darf nicht länger hier weilen, denn sonst zieht die Karawane, die auf mein Kommen gewartet hat, ohne mich fort. Doch sieh, alles, was ich an Brot, Wein und heilenden Kräutern bei mir habe, lasse ich dir, und wenn deine Kraft zurückkehrt, so kannst du die Wohnstätte der Hebräer unter den Häusern Babylons finden.»

Der Jude erhob seine zitternde Hand feierlich zum Himmel: «Möge der Gott Abrahams, Isaaks und Jakobs die Reise des Barmherzigen segnen und ihn in Frieden zum ersehnten Hafen führen. Doch bleibe noch, ich besitze nichts, was ich dir zum Dank geben könnte, – nur dies: daß ich dir aus unseren Überlieferungen sagen kann, wo der Messias gesucht werden muß; denn unsere Propheten haben verkündet, daß er nicht in Jerusalem, sondern in Bethlehem, im jüdischen Land, geboren werden soll. Möge der Herr dich sicher dorthin geleiten, da du dich des Kranken erbarmt hast.»

Mitternacht war längst vorüber. Artaban ritt in Eile dahin, und Vasda, durch die kurze Rast erquickt, jagte über die schweigende Ebene und durchschwamm die Rinne des Stromes. Sie bot ihre letzte Kraft auf und flog wie eine Gazelle über den Boden. Aber schon warfen die ersten Strahlen der aufgehenden Sonne ihre Schatten voraus, als Vasda das Endziel der Reise betrat, und obgleich Artaban mit ängstlich gespannten Blicken den Berg Nimrods und den Tempel der sieben Sphären absuchte, so konnte er doch keine Spur von seinen Freunden entdecken. Die vielfarbenen Terrassen, die durch Erdbeben zerklüftet und durch menschliche Zerstörungswut zertrümmert waren, schillerten schwarz und orangefarben, rot und gelb, grün, blau und weiß im Morgenlicht, ähnlich einem zerrissenen Regenbogen. Artaban eilte schnell um den Berg, stieg ab und erklomm die oberste Anhöhe, um Ausschau nach Westen zu halten. Weite, öde Sümpfe erstreckten sich bis zum Horizont und gegen den Rand der Wüste. Rohrdommeln standen an den fauligen Teichen, und Schakale schlichen durch das niedrige Gebüsch, aber von der Karawane der weisen Männer war weder nahe noch ferne eine Spur zu erblikken.

Am Rande der Anhöhe sah Artaban einen Haufen von zerbrochenen Ziegelsteinen und unter diesen schaute ein Stück Pergament hervor. Schnell griff er danach und las: Wir haben bis über die Mitternachtsstunde hinaus gewartet und können nicht länger säumen. Wir gehen, den König zu finden. Folge uns durch die Wüste nach.

Artaban setzte sich nieder und stützte voll Verzweiflung sein Haupt in die Hände. «Wie kann ich ohne Nahrung und auf einem ermatteten Pferde die Wüste durchqueren?» sagte er. Ich muß nach Babylon zurückkehren, meinen Saphir verkaufen, um Kamele und Nahrungsmittel für die Reise zu erstehen. Es kann sein, daß ich meine Freunde nie einholen werde. Nur Gott, der Barmherzige, weiß, ob ich nicht des Anblicks des Königs überhaupt verlustig gehe, weil ich säumte, um Barmherzigkeit zu üben.»

UM EINES KLEINEN KINDES WILLEN

Schweigen herrschte in der Halle der Träume, während ich der Geschichte des vierten weisen Mannes lauschte. In diesem Schweigen sah ich seine Gestalt nur schwach sich abheben von dem Rücken seines Kamels, das hin und her schaukelte wie ein Schiff auf den Wellen, aber dennoch durch die trostlose Einöde der Wüste stetig vorwärts drängte.

Das Land des Todes breitete sein grausames Netz rings um ihn her. Die steinige Einöde trug keine Frucht, nur Sträucher und Dornen. Die dunklen Ränder der Felsen erhoben sich hier und dort über die Erdoberfläche, wie Gebeine verendeter Ungeheuer. Dürre und unwirtliche Bergketten, durchfurcht von den Spuren versiegter Ströme, die grauenhaft, wie Narben im Antlitz der Natur wirkten, stiegen vor ihm auf. Hügel von trügerischem Flugsand zeichneten sich am Horizont wie Gräber ab. Bei Tage machte sich die glühende Hitze in der zitternden Luft unerträglich fühlbar, und nichts rührte sich auf der stummen, leblosen Erde außer kleinen Feldmäusen, die durch das verdorrte Gestrüpp schlüpften, oder schillernde Eidechsen, die in Felsspalten verschwanden. Nachts schlichen Schakale umher und bellten in der Ferne. Finstere Schluchten hallten wider vom wilden Gebrüll der Löwen, und bittere Kälte folgte der Glut des Tages. Durch Hitze und Kälte drängte Artaban unentwegt vorwärts.

Dann sah ich die Gärten und Obstfelder von Damaskus, die von den Flüssen Abana und Pharpar bewässert wurden, mit ihren blütenübersäten Abhängen und ihrem Dickicht von Myrrhen und Rosen. Auch sah ich die langgedehnten Schneerücken Hermons, die dunklen Zedernhaine des Jordantales und die blauen Fluten des Sees Genezareth, die fruchtbare Ebene von Esdrelom, die Hügel Ephraims und das Hochland von Judäa. Fort und fort folgte ich Artaban, der sich stetig vorwärts bewegte, bis er in Bethlehem ankam. Dies aber geschah am dritten Tag, nachdem die drei Weisen dorthin gekommen waren und Maria

und Joseph mit dem kleinen Jesuskinde gefunden hatten, dem sie ihre Gaben: Gold, Weihrauch und Myrrhen zu Füßen gelegt hatten.

Der vierte weise Mann nahte nun, erschöpft, doch voller Hoffnung, seinen Rubin und seine Perle in der Hand haltend, um sie dem König zu opfern. «Jetzt endlich», sagte er, «werde ich ihn sicherlich finden, obgleich ich alleine und später als meine Brüder komme, denn dies ist der Ort, von dem, wie mir dieser heimatlose Jude sagte, die Propheten gesprochen haben, und hier werde ich das Erscheinen des großen Lichtes erleben. Ich muß aber nach meinen Brüdern forschen und mich erkundigen, zu welchem Hause sie der Stern geführt hat und wem sie ihre Gaben dargebracht haben.»

Die Straßen des Dorfes schienen verlassen, und Artaban sann darüber nach, ob wohl alle Männer auf die Bergweiden gegangen waren, um ihre Schafherden heimzuholen. Aus der offenen Tür eines niedrigen Steinhäuschens drang zu ihm die Stimme einer Frau, die leise sang. Er trat ein und fand eine junge Mutter, die ihr Kind in den Schlaf einlullte. Sie erzählte ihm von den Fremden aus dem fernen Morgenland, die vor drei Tagen im Dorf erschienen seien und gesagt hätten, daß ein Stern sie zu dem Ort geleitet habe, wo Joseph aus Nazareth mit seiner Frau und dem neugeborenen Kindlein untergekommen war, und wie sie dem Kind Ehrerbietung gezollt und ihm viele reiche Gaben dargebracht hätten.

«Die Reisenden verschwanden aber wieder ebenso plötzlich, wie sie gekommen waren,» fuhr sie fort, «und wir waren erschreckt über ihren sonderbaren Besuch, den sich niemand erklären konnte. Der Mann aus Nazareth aber nahm das Kindlein und seine Mutter und floh noch in derselben Nacht ganz heimlich. Man munkelt, daß sie weit weg nach Ägypten gegangen seien. Seitdem ist es, als liege ein Bann über dem Dorf; etwas Böses bedroht uns. Man sagt, daß die römischen Soldaten aus Jerusalem herkommen, um eine neue Steuer von uns zu erheben, und deshalb haben die Männer die Herden weit hinein in das Berggelände getrieben, wo sie sich verborgen halten, um den Steuern zu entgehen.»

Artaban lauschte ihrer sanften, zaghaften Rede, und das Kind in ihren Armen schaute lächelnd zu ihm auf, als es seine rosigen Händchen nach dem geflügelten Reif an seiner Brust ausstreckte. Es wurde ihm warm ums Herz bei der Berührung. Er empfand sie wie einen Gruß der Liebe und des Vertrauens zu einem, der so lange in Einsamkeit und Ungewißheit gewandert war, der seine eigenen Zweifel und Befürchtungen bekämpft hatte und einem Licht nachgegangen war, das durch Wolken verhüllt schien.

«Könnte dieses Kind nicht der verheißene Fürst sein», fragte er sich, als er seine weichen Wangen streichelte. «Früher schon sind Könige in ärmlicheren Behausungen als dieser hier zur Welt gekommen, und der Auserwählte des Himmels mag ebenfalls aus einer Hütte stammen. Der Gott der Weisheit hat es aber nicht für gut befunden, mein Suchen so leicht und so schnell zu belohnen. Der, den ich suche, ist mir vorangegangen, und nun muß ich dem Könige nach Ägypten folgen.»

Die junge Mutter legte das Kind in die Wiege und erhob sich, um den Fremden, den ihr das

Schicksal ins Haus geführt hatte, gastlich zu bewirten. Sie setzte ihm zwar nur einfache Bauernkost vor, die aber, gern gegeben, Seele wie Leib erfrischte. Artaban nahm die Nahrung dankbar an, und während er aß, fiel das Kind in sanften Schlummer, und ein froher Friede erfüllte den stillen Raum.

Doch plötzlich hörte man wilden Aufruhr und lautes Toben in den Straßen des Dorfes; Kreischen und Jammern von Frauenstimmen, schrille Trompetenstöße, das Zusammenschlagen von Schwertern und den verzweifelten Schrei: «Die Soldaten! Die Soldaten des Herodes! Sie töten unsere Kinder!»

Das Gesicht der jungen Mutter wurde weiß vor Schrecken, sie riß das Kind an ihre Brust und flüchtete lautlos in den dunkelsten Winkel des Raumes, indem sie das Kind mit den Falten ihres Gewandes zudeckte, damit es nicht erwache und weine. Artaban aber trat rasch an den Eingang des Häuschens, den er mit seinen breiten Schultern völlig ausfüllte, während seine weiße Kopfbedeckung den oberen Türrand beinahe berührte.

Die Soldaten stürmten mit blutigen Händen und triefenden Schwertern die Straße hinunter, aber beim Anblick des Fremden in seiner beeindruckenden Kleidung, zögerten sie voller Überraschung. Der Hauptmann der Horde näherte sich der Türe, um ihn zur Seite zu stoßen, aber Artaban rührte sich nicht. Sein Gesicht war so ruhig, als ob er die Sterne beobachtete, und aus seinen Augen leuchtete jene strahlende Festigkeit, vor der sogar der Leopard zurückschreckt und der gierige Bluthund in seinem Sprung zögert. Einen Augenblick hielt er den Krieger schweigend zurück und sagte dann mit leiser Stimme: «In diesem Hause bin ich allein, und ich bin bereit, dem Hauptmann, der weise genug ist, meinen Frieden nicht zu stören, diesen Edelstein zu geben.»

Mit diesen Worten zeigte er ihm den Rubin, der aus seiner hohlen Hand wie ein Blutstropfen leuchtete. Der Hauptmann war über die Pracht dieses Edelsteins erstaunt. Seine Augen glühten vor Verlangen und harte Linien der Habgier furchten sich um seine Lippen. Er streckte seine Hand aus und nahm den Rubin.

«Vorwärts marsch!» herrschte er seine Männer an. «Hier ist kein Kind, hier ist alles still.»

Das Getöse und Geklirr der Waffen zog weiter die Straße hinunter, so wie im ungestümen Toben die wilde Jagd an der Stelle vorbeirast, wo das zitternde Wild sich versteckt hält. Artaban betrat das Häuschen wieder, wandte sein Gesicht gen Osten und betete:

«Gott der Wahrheit, vergib mir meine Sünde! Ich habe gesagt, was nicht ist, um das Leben eines kleinen Kindes zu retten. Nun sind zwei meiner Gaben dahin. Ich habe für Menschen gegeben, was für einen Gott bestimmt war. Werde ich jemals würdig sein, das Antlitz des Königs zu schauen?

Aber die Frau, die im Dunkeln hinter ihm vor Freude weinte, sagte mit sanfter Stimme:

«Weil du das Leben meines Kindes gerettet hast, möge der Herr dich segnen und dich schützen; der Herr lasse sein Antlitz leuchten über dir und sei dir gnädig. Der Herr erhebe sein Angesicht über dich und gebe dir Frieden.»

AUF DEM VERBORGENEN PFAD DES LEIDENS

Und wieder herrschte tiefes Schweigen in der Halle der Träume, tiefer und geheimnisvoller als das erste Mal, und ich verstand, daß Artabans Jahre hinter dem Schleier eines undurchdringlichen Nebels schnell vorüberzogen; nur hin und wieder erhaschte ich einen Schimmer von dem Strom seines Lebens, der hervorleuchtete durch die Schatten, die seinen Pfad verbargen.

Ich sah ihn sich bewegen im Menschengedränge des dicht bevölkerten Ägyptens, wie er allenthalben die Spuren jener Familie suchte, die aus Bethlehem gekommen war. Und er fand sie auch unter den breiten Feigenbäumen von Heliopolis und unter den Mauern der Römerfestung Neu-Babylon, an den Ufern des Nils, eine Spur, aber so schwach und ungewiß, daß sie ihm immer wieder entschwand wie Fußstapfen, die auf dem harten Flußsand in der Feuchtigkeit aufglitzern, nur einen Augenblick, und dann verschwinden.

Ich sah ihn wieder am Fuß der Pyramiden, die mit ihren scharfen Spitzen in die dunkelgelbe Glut des Sonnenuntergangs hineinragen, ein unwandelbares Denkmal der vergänglichen Herrlichkeit und der unvergänglichen Hoffnung des Menschen. Sinnend schaute er auf zu dem Riesenantlitz der ruhenden Sphinx und suchte vergeblich den Ausdruck ihrer regungslosen Augen und ihres lächelnden Mundes zu ergründen.

War es in der Tat, wie Tigranes behauptet hatte, die Verspottung aller Mühe und aller Hoffnung – der grausame Scherz eines Rätsels ohne Lösung, ein Suchen, das nie Erfolg bringen konnte? Oder lag vielleicht ein Hauch von Mitleid und Ermutigung in jenem unergründlichen Lächeln der Sphinx, eine Verheißung, daß sogar die Besiegten einen Sieg erringen und die Enttäuschten einen Erfolg erzielen würden, daß die Unwissenden weise werden, die Blinden sehen lernen und die Verirrten endlich einen Hafen erreichen sollten?

Wieder sah ich ihn in einer ärmlichen Behausung in Alexandrien, wie er sich bei einem hebräischen Rabbiner Rat holte. Der ehrwürdige Greis

saß gebückt über Pergamentrollen, auf denen die Weissagungen Israels verzeichnet standen, und las die ergreifenden Worte vor, die die Leiden des verheißenen Messias verkündeten: «Der Allerverachtetste und Unwerteste voller Schmerzen und Krankheit.» «Und bedenke, mein Sohn», sagte er, das Auge fest auf Artaban gerichtet, «der König, den du suchst, ist weder in einem Palast, noch unter den Reichen und Mächtigen dieser Erde zu finden. Wäre es Bestimmung gewesen, daß das Licht der Welt und die Herrlichkeit Israels mit dem Glanze irdischer Macht erscheinen sollten, so müßte dies längst geschehen sein. Kein Sohn Abrahams wird jemals wieder mit der Macht, die Joseph in den Palästen Ägyptens hatte, wetteifern können, noch sich mit der Pracht Salomons messen können, der zwischen Löwen in Jerusalem thronte. Das Licht, auf das die Welt wartet, ist ein neues Licht, es ist die Herrlichkeit, die erstehen wird aus geduldig getragenen und siegreichen Leiden, und das Reich, das für ewig aufgerichtet werden soll, ist ein neues Reich: das Reich der vollkommenen und unbesiegbaren Liebe. Ich weiß nicht, wie dies geschehen soll, noch wie die streitsüchtigen Völker der Erde dahin gebracht werden können, den Messias anzuerkennen und ihn anzubeten; dies aber weiß ich, wer ihn finden will, muß ihn unter den Armen und Niedrigen, den Traurigen und Unterdrückten dieser Erde suchen.»

Und so sah ich, wie der vierte weise Mann immer und immer wieder von Ort zu Ort wanderte und überall unter den Heimatlosen nach der kleinen Familie aus Bethlehem suchte, ob sie nicht vielleicht bei ihnen Zuflucht gefunden hätte. Er durchwanderte Gegenden, wo Hungersnot das Land schwer bedrückte und wo die Armen nach Brot schrien. Er wohnte in den von Pest heimgesuchten Städten, wo die Kranken in trauriger Gemeinschaft hilflosen Jammers dahinsiechten. Er besuchte die Unterdrückten und Gepeinigten in der Finsternis unterirdischer Gefängnisse, im Elend der Sklavenmärkte und bei der trostlosen Arbeit auf den Galeerenschiffen. Im Gedränge dieser verworrenen Welt der Qual fand er so viele, die seiner Hilfe bedurften, jedoch nicht den, dem er zu huldigen gedacht hatte. Er speiste die Hungrigen und kleidete die Nackten; er heilte die Kranken und tröstete die Gefangenen, und die Jahre seines Lebens zogen schneller vorüber, als des Webers Schifflein im Webstuhl hin- und herfliegt, während das Gewebe wächst und das unsichtbare Muster vollendet wird.

Fast schien es, als hätte er seinen Pfad des Suchens vergessen. Nur einmal sah ich ihn flüchtig, wie er ganz allein bei Sonnenaufgang am Tore eines römischen Gefängnisses wartete. Aus einer geheimen Brusttasche seines Gewandes hatte er die Perle, sein letztes Kleinod, hervorgeholt. Als er sie so betrachtete, schillerte sie in sanftem, wechselvollem Glanz, als ob sie etwas von dem Widerschein der Farben des verlorenen Saphirs und Rubins aufgesogen hätte. So zieht auch der tief verborgene Sinn eines edlen Lebens alle Erinnerungen an vergangene Freuden und Leiden an sich. Alles, was diesen Sinn gefördert, alles was ihn gehindert hat, ist wie durch geheimen Zauber verschmolzen und zu seinem innersten Gehalt geworden. Er wird leuchtender und köstlicher, je

länger er in einem warm schlagenden Herzen getragen wird.

Und dann, als ich an die Perle und ihre Bedeutung dachte, hörte ich das Ende der Geschichte von dem vierten weisen Mann.

DIE KOSTBARE PERLE

Dreiunddreißig Jahre von Artabans Leben waren verstrichen und er war immer noch ein Pilger, der nach dem Licht suchte. Sein Haar, einstmals schwärzer als die Felsen des Zagros, war jetzt so weiß, wie der Schnee, der sie im Winter bedeckt. Seine einst so feurig leuchtenden Augen waren glanzlos geworden wie die Kohlen, die unter der Asche glimmen. Er war matt, müde und bereit zu sterben, aber dennoch war er ein letztes Mal nach Jerusalem gekommen, um den König zu suchen. Er hatte früher oftmals in der heiligen Stadt geweilt und all ihre Gassen, ihre überfüllten Winkel und dunklen Gefängnisse durchsucht, ohne eine Spur von der nazarenischen Familie zu finden, die vor so langer Zeit aus Bethlehem geflohen war. Es schien ihm aber, als müsse er noch eine letzte Anstrengung machen, und eine innere Stimme ließ ihn auf Erfolg hoffen.

Es war die Zeit des Passahfestes und die Stadt

war voller Fremder. Die in alle Lande zerstreuten Kinder Israels waren um des großen Festes willen zum Tempel zurückgekehrt und seit vielen Tagen hörte man in den engen Gassen ein Gewirr von Sprachen.

An diesem Tage nun machte sich eine besondere Erregung unter dem Volke bemerkbar. Der Himmel hatte sich drohend bewölkt, und eine Aufregung hatte sich der Menge bemächtigt, gleich dem Erschauern, das in der Vorahnung eines Sturmes den Wald durchzieht. Wie von einer unsichtbaren Welle wurden sie alle nach einer bestimmten Richtung getrieben. Das Klappern der Sandalen und das weiche, dumpfe Geräusch von nackten Füßen, die sich auf den Steinen fortschoben, flutete unaufhörlich die Straße entlang, die zum Damaskustore führte.

Artaban schloß sich einer Gruppe seiner Landsleute an, – parthischen Juden, die gekommen waren, um das Passahfest zu feiern. Er fragte sie, was die Unruhe in der Volksmenge bedeutete und wohin sie gingen.

«Wir sind auf dem Wege nach dem Hügel Golgatha, außerhalb der Stadtmauern», antworteten sie ihm, «um dort einer Hinrichtung beizuwohnen. Hast du nicht gehört was geschehen ist? Zwei berüchtigte Räuber sollen ans Kreuz geschlagen werden und mit ihnen ein anderer, genannt Jesus von Nazareth, ein Mann, der viele wunderbare Werke unter dem Volk vollbracht hat, so daß es ihn innig liebt. Die Priester aber und Tempelältesten sagen, er müsse sterben, weil er sich für den Sohn Gottes ausgegeben hat, und Pilatus läßt ihn kreuzigen wegen seiner Behauptung, er sei der König der Juden.»

Wie sonderbar berührten diese so vertrauten Worte Artabans müdes Herz. – Über Land und Meer hatten sie ihn während eines ganzen Lebens geleitet. Und nun hörte er sie wieder, dunkel und geheimnisvoll, wie eine Botschaft der Verzweiflung. Der König war gekommen, aber man hatte ihn verleugnet und ausgestoßen. Nun war er seinem Ende nahe, vielleicht schon sterbend. War es denkbar, daß es derselbe war, der vor dreiunddreißig Jahren in Bethlehem geboren wurde, bei dessen Geburt der Stern am Himmel erschienen war und dessen Kommen die Propheten verkündet hatten?

Artabans Herz schlug unstet in jener sorgenvollen, zweifelnden Vorahnung, durch die sich die Erregungen des Alters kundgeben. Aber er sagte sich: «Gottes Wege sind wunderbarer als die Gedanken der Menschen und so mag es noch zu guter Letzt sein, daß ich den König in den Händen seiner Feinde finde, und daß es mir noch vergönnt ist, meine Perle als Lösegeld für ihn hinzugeben, bevor er stirbt.»

So folgte der alte Mann mit langsamen Schritten, schmerzbewegt, der Menschenmenge, die zu dem Damaskustor hinströmte.

Als er gerade gegenüber dem Eingang des Wächterhäuschens vorbeikam, zog ein Trupp mazedonischer Soldaten die Straße hinunter. Sie zerrten ein junges Mädchen in zerrissenem Kleid und zerzaustem Haar mit sich. Als der Magier stehen blieb, um sie mitleidvoll zu betrachten, wurde sie seiner weißen Kopfbedeckung und des geflügelten goldenen Reifs auf seiner Brust gewahr. Sie riß sich plötzlich aus den Händen ihrer

Peiniger los, warf sich ihm zu Füßen und umschlang seine Knie.

«Hab Erbarmen mit mir,» rief sie, «und rette mich um des Gottes der Reinheit willen! Auch ich bin eine Tochter der wahren Religion der Magier. Mein Vater war ein Kaufmann aus Parthien, aber er ist tot, und jetzt will man mich zur Begleichung seiner Schulden als Sklavin verkaufen. Rette mich vor dem, was schlimmer ist als der Tod!»

Artaban zitterte. Es war wieder der alte Kampf in seiner Seele, der im Palmenhain zu Babylon und in der Hütte zu Bethlehem an ihn herangetragen war. Der Zwiespalt zwischen dem, was er durch seinen Glauben zu erreichen hoffte und dem Hilferuf der Nächstenliebe. Zweimal schon war die Gabe, die er seinem Glauben geweiht hatte, von ihm genommen und dem Dienste der Menschlichkeit gewidmet worden. Dies war nun die dritte Prüfung, die letzte und unwiderrufliche Entscheidung. War dies seine letzte Aussicht auf Erfolg oder seine letzte Versuchung? Er wußte es nicht. Nur das eine erschien ihm in dem dunklen Drange seiner Empfindungen klar – es war unvermeidlich. Und kommt nicht alles Unvermeidliche stets von Gott? Das eine schien seinem zweifelnden Herzen sicher: Das hilflose Mädchen zu retten, würde eine wahre Tat der Liebe sein. Und ist nicht Liebe das Licht der Seele?

Er nahm die Perle aus seinem Gürtel hervor. Nie war sie ihm so leuchtend, so strahlend, in so sanftem, lebendigem Glanz erschienen wie jetzt, als er sie in die Hand der Sklavin legte.

«Die ist dein Lösegeld, meine Tochter. Es ist das letzte meiner Kleinodien, die ich für den König bestimmt hatte.»

Während er so sprach, verdunkelte sich der Himmel mehr und mehr, und ein Beben erschütterte die Erde, deren Oberfläche sich krampfhaft hob und senkte wie die Brust eines Menschen, der mit einem überwältigenden Kummer ringt. Die Mauern der Häuser wankten hin und her, Steine lockerten sich und fielen auf die Straße, Staubwolken erfüllten die Luft. Die Soldaten flohen voller Schrecken, wie Betrunkene hin- und herschwankend. Doch Artaban und das Mädchen, das er freigekauft hatte, kauerten hilflos unter der

Mauer der Gerichtshalle. Was hatte er zu fürchten? Wofür sollte er noch leben? Er hatte die letzte seiner Gaben, die für den König bestimmt war, dahingegeben. Die letzte Hoffnung ihn zu finden, gab er auf. Die Suche war zu Ende und sie war mißlungen. Doch schenkte ihm gerade dieser Gedanke, den er anerkannte und festhielt, Frieden.

Es war keine Resignation, keine Unterwerfung. Es war etwas unendlich viel Tieferes. Er wußte, es stand gut um ihn, weil er Tag für Tag das Beste getan hatte, was er konnte. Er war dem Licht, das ihm gegeben war, treu geblieben. Er hatte nach mehr gestrebt und wenn er es nicht gefunden hatte, und sein Leben einen Fehlschlag bedeutete, so hatte er doch sein Bestes gegeben.

Zwar hatte er die Offenbarung des ewigen, unzerstörbaren und unsterblichen Lebens nicht geschaut. Er wußte aber, daß auch, wenn er sein irdisches Dasein noch einmal durchleben könnte, er genau so handeln würde.

Wieder wurde die Erde von einem heftigen Stoß erschüttert. Ein schwerer Ziegel, der sich vom Dache losgelöst hatte, fiel nieder und traf den alten

Mann an der Schläfe. Er lag kaum atmend und bleich da, und während sein graues Haupt auf der Schulter des jungen Mädchens ruhte, tropfte das Blut aus seiner Wunde. Als sie sich über ihn beugte in der Befürchtung, daß er tot sei, drang eine leise Stimme durch die Dämmerung an ihr Ohr, ähnlich wie Musik aus der Ferne, wobei die Worte verlorengehen, aber die Töne klar und vernehmlich sind. Das Mädchen wandte sich, um zu sehen, ob jemand aus dem Fenster über ihnen gesprochen habe, doch sie sah niemand.

Dann begannen die Lippen des alten Mannes sich zu bewegen, wie zu einer Antwort, und sie hörte, wie er in der parthischen Sprache sagte:

«Nicht so, Herr, denn wann sah ich dich hungrig und gab dir Nahrung oder durstig und gab dir zu trinken? Wann sah ich dich als Fremdling und gab dir Wohnung oder nackend und bekleidete dich? Wann sah ich dich krank oder im Gefängnis und besuchte dich? Dreiunddreißig Jahre habe ich dich gesucht, habe aber nie dein Antlitz erblickt, mein König, noch habe ich dir jemals dienen können.»

Er schwieg, und wieder ertönte die liebliche Stimme, und wieder hörte sie das Mädchen; wenn auch der Ton sehr schwach und entfernt klang, so schien sie doch die Worte zu vernehmen:

«Wahrlich, ich sage dir, was du an dem geringsten meiner Brüder getan hast, das hast du mir getan.»

Über das blasse Gesicht Artabans zog ein wunderbares, friedliches Leuchten des Staunens und der Freude, gleich den ersten Strahlen des Morgens auf dem Gipfel eines Schneeberges. Ein letzter, langer Atemzug der Erlösung strömte sanft von seinen Lippen. –

Seine Reise war beendet. Seine Gaben waren angenommen. Der vierte weise Mann hatte den König gefunden.

NACHWORT

Henry van Dyke wurde am 10. November 1852 in Germantown Pennsylvania USA als Sohn eines Pfarrers der presbyterianischen Kirche geboren. Die Familie seines Vaters war schon 1652 aus Holland nach Nordamerika ausgewandert. Die Familie der Mutter stammte aus England, lebte aber auch schon seit dem 17. Jahrhundert in Nordamerika. Henry van Dyke wählte denselben Beruf wie sein Vater und fand als Pfarrer großen Anklang. Von seiner Gemeinde wurde er geliebt und geschätzt. Schon früh in seinem Leben betätigte er sich als Schriftsteller. Seine vielen Gedichte, Geschichten und seine Briefe offenbaren einen Menschen, der aus einer tiefen Lebensweisheit schöpft und fähig ist, seinen Mitmenschen aus diesem Quell in ihren Lebensproblemen zu helfen.

Viele Reisen führten ihn nach Europa. zu seinen Freunden gehörten u. a. Hermann Grimm und Heinrich von Treitschke.

Nachdem Henry van Dyke jahrelang Pfarrer an der Brick Church in New York gewesen war, erhielt er einen Ruf, an der Sorbonne (Paris) Vorlesungen zu halten. Kurz vor dem ersten Weltkrieg, nach einer Tätigkeit als Diplomat an der amerikanischen Botschaft in Holland, kehrte er nach Princetown zurück. Dort, wo er selbst Student gewesen war, lehrte er nun als emeritierter Professor englische Literatur und Ethik.

Am 10. April 1933 starb Henry van Dyke, der, nach den Worten seines Sohnes Tertius, ein Lehrer, Prediger, Diplomat, Träumer und Handelnder gewesen war.

Es ist wichtig, zu wissen, daß auf dem Titelblatt seiner Biographie steht: «Author of the Story of the Other Wise Man.» Diese Geschichte, die in den USA immer wieder neu herauskommt, hat von allen seinen Schriften den tiefsten Eindruck gemacht.

Der Herbst des Jahres 1892, nach dem unerwarteten Tod seines Vaters, war für Henry van Dyke eine kummervolle Zeit. Er wurde sehr krank und während dieser Krankheit erstand in ihm die Geschichte des «Anderen weisen Mannes», des vierten Königs. Sein Sohn ist davon überzeugt, daß die Arbeit an dieser Erzählung seinem Vater damals das Leben rettete. Er konnte in den Bildern dieser Geschichte etwas von dem innersten Kern seines Wesens darstellen. Denn Henry van Dyke war ein Mensch, der immer im tätigen Leben stand, und der die Antwort zu all seinen Fragen nie am Anfang seiner Vorhaben erfuhr, sondern sie sich an deren Ende, oft mühevoll, erwarb. Sein innerer Weg ist ausgedrückt in dem Spruch, den er als Eingang zu der Geschichte des «Vierten Weisen» aufschrieb:

Wer nur um seiner Seele willen den Weg zum Geiste geht,
Mag auf dem Pfade bleiben, doch das Ziel verweht;
Indes der Liebende, auch wenn er weit ab sich verlor,
Von Gott geführt wird in der Seligen Chor.

Tilde von Eiff